Le Fantôme
du rocker

Données de catalogage avant publication (Canada)

Mativat, Marie-Andrée, 1945-
    Le Fantôme du rocker
    (Collection Plus)
    Pour enfants.
    ISBN 2-89045-911-X
    I. Mativat, Daniel, 1944- . II. Titre. III
    Collection.

    PS8576.A8288F36 1992   jC843'.54   C92-096353-6
    PS9576.A8288F36 1992
    PZ23.M37Fa 1992

Directrice de collection:
Françoise Ligier
Révision:
Jocelyne Dorion
Nicole Blanchette
Francine Desjardins
Illustrations:
Bruno St-Aubin
Maquette de la couverture:
Meiko Bae

Éditions Hurtubise HMH
7360, boulevard Newman
Ville LaSalle (Québec)
H8N 1X2
Canada
Téléphone: (514) 364-0323

ISBN 2-89045-911-X

Dépôt légal/2ᵉ trimestre 1992
Bibliothèque nationale du Québec
Bibliothèque nationale du Canada

Le Fantôme du rocker

Marie-Andrée et Daniel Mativat

Collection Plus
dirigée par Françoise Ligier

Marie-Andrée et Daniel Mativat

Marie-Andrée et Daniel Mativat ont plusieurs choses en commun. Ils aiment tous les deux les roses et l'écriture. C'est d'ailleurs en écrivant qu'ils se sont connus.

Marie-Andrée est née en Mauricie, au Québec. Après quelques années de correspondance avec Daniel qui habite Paris, ils se rencontrent et se marient. Depuis ils forment une équipe. Ils écrivent ensemble des romans et bien sûr, ils font la culture des roses.

Parmi les romans qu'ils ont écrits ensemble, on retrouve les titres suivants: *Ram le robot, Dos bleu, le phoque champion, La Pendule qui retardait, Le Bulldozer amoureux* et *Mademoiselle Zoé.*

*P*lus tard, je serai rocker, comme mon idole, la vedette Johnny Fortissimo, mort l'année dernière au beau milieu d'un spectacle.

Comme lui, je porterai un blouson de cuir, des jeans troués et je me ferai teindre les cheveux en vert, bleu et rose.

J'aurai une guitare électrique avec un amplificateur haut comme ça! Un amplificateur si puissant que, lorsque je jouerai, on pensera qu'il y a un tremblement de terre...

La guitare dont je rêve est rouge pailletée d'argent. Je l'admire tous les jours dans la vitrine du Marché aux puces, près de l'école.

Le propriétaire, un petit homme chauve, ridé comme une vieille pomme, a fini par me remarquer.

Les affaires ne doivent pas être très bonnes ces temps-ci. En effet, dès que monsieur Bigras m'aperçoit, il me regarde bizarrement et me dit:

— Alors, quand est-ce que tu me débarrasses de ce satané instrument?

— Euh... Bientôt.

Je veux cette guitare tout de suite, mais je sais que je dois attendre un peu. En fait, je risque même d'attendre longtemps.

En effet, même en addition-nant mes pourboires comme camelot et mon argent de poche, je devrai attendre des mois avant d'avoir la somme néces-saire! Vous vous rendez compte!

Décidément, la vie n'est pas rose. Ni bleue ni verte, d'ailleurs.

En attendant, je joue du piano.

Claire, ma mère, dit qu'un garçon bien élevé doit savoir jouer du piano.

Moi, je déteste le piano! Alors, dès qu'elle a le dos tourné, je laisse Minette monter sur le clavier.

Minette, c'est ma chatte. Elle, le piano, elle adore ça.

Je la laisse donc se promener sur les touches. Pendant que je lis mes bandes dessinées, elle fait des gammes à ma place.

Elle joue très bien, Minette. À tel point que ma mère, qui m'écoute de son atelier de couture, trouve que je fais des progrès.

*H*ier, j'ai donné mon premier concert devant ma tante
Alice, mon oncle Oscar et mon
ami Robert.

Pour la circonstance, Claire a
exigé que je me mette sur mon
trente-six :

— Mets ta chemise blanche,
ton pantalon gris et n'oublie
surtout pas ton nœud papillon !

— Et quoi encore !... une queue
de pie, peut-être !

Quand je me suis vu dans le
miroir, je me suis tiré la langue.

— C'est ton nouveau déguisement pour l'Halloween? m'a demandé Robert.

Assis sur mon tabouret, j'ai consciencieusement massacré un morceau de Chopin.

Chaque fois que je faisais une fausse note, Minette se passait la patte derrière l'oreille. Puis elle se mettait à miauler, comme si on lui marchait sur la queue.

C'était l'enfer!

Claire était au désespoir:

— Pauvre Frédéric! Dire qu'il fait des gammes tous les jours... C'est sûrement la nervosité.

Alice s'est contentée de hausser les épaules. Par contre, Oscar

et Robert s'amusaient comme des fous!

Avant de partir, mon oncle a tenu à m'encourager:

— Ne t'en fais pas, mon petit Frédéric. Si tu aimes vraiment le piano, tu deviendras un grand pianiste. Quand j'avais ton âge, mes parents m'ont obligé à apprendre le violon. Mais je détestais le violon! Je rêvais plutôt de jouer de l'harmonica. Alors...

— Moi, je rêve de jouer de la guitare électrique. Si tu voyais celle qui est dans la vitrine du Marché aux puces... Elle est super!

Oscar a éclaté de rire:

— Tiens... Tiens...

Ma mère a froncé les sourcils.

En m'embrassant, mon oncle a glissé discrètement quelque chose dans ma poche.

*S*ur le moment, je n'ai pas fait attention au geste de mon oncle. Minette n'arrêtait pas de tourner autour de moi pour se faire caresser.

C'est au moment où je rangeais mon pantalon que le billet est tombé par terre. Un billet de banque avec deux zéros!

Le lendemain, dès l'ouverture, j'étais à la porte du Marché aux puces.

Monsieur Bigras avait les yeux bouffis. L'orage l'avait

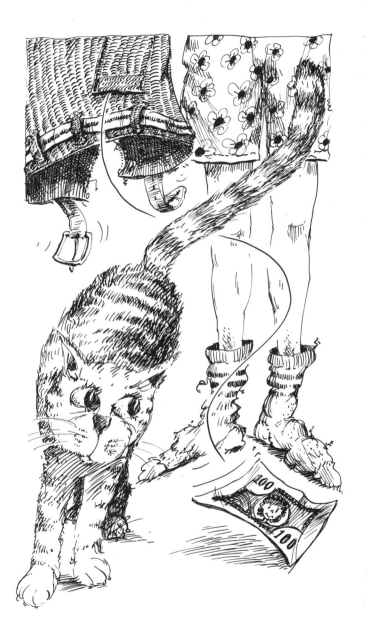

sans doute empêché de dormir. Il a ouvert en grognant:

— Encore toi! Que veux-tu?

Je lui ai montré la guitare qui étincelait dans la vitrine.

— Ah! Cette maudite guitare, a-t-il marmonné. Combien as-tu?

Avec appréhension, je lui ai tendu mon billet.

— Elle est à toi! a-t-il conclu, en empochant brusquement mon argent.

Je n'ai pas eu le temps de le remercier, car il m'a poussé dehors en soupirant. Curieusement, il

semblait soulagé d'un grand poids.

* * *

Quand maman a vu la guitare, elle a fait la grimace.

Même Minette n'avait pas l'air d'accord. Lorsque j'ai voulu lui caresser le ventre, elle s'est mise à grogner et à faire le gros dos.

J'ai eu du mal à convaincre Claire que, si Mozart vivait aujourd'hui, il jouerait de la guitare électrique.

— Après tout, la musique, c'est toujours de la musique.

— Je t'en prie! Ne mélange pas les torchons et les serviettes!

La musique de Mozart ne peut être comparée au tintamarre de ton Johnny Fortissimo.

— Je te jure que je ne ferai pas de bruit. D'ailleurs, je ne vois pas pourquoi tu t'énerves, je n'ai même pas d'amplificateur.

— Il ne manquerait plus que ça!

J'ai discuté, supplié, menacé. J'ai promis de faire mon lit, de sortir les poubelles, d'essuyer la vaisselle et même de manger des oignons! Moi qui déteste les oignons!

— Dis ouiiiiiiii !

Elle a cédé.

— Youppi ! Tu es super !

* * *

Ma chambre est décorée d'affiches de mes groupes préférés : les Missiles et les Sept Plaies d'Égypte. Bien entendu, je possède aussi une immense photo de Johnny Fortissimo. Juste à côté, j'ai suspendu ma guitare.

Je ne la quitte plus des yeux. Elle est si belle ! On dirait presque qu'elle est vivante.

Robert aussi n'en finit pas de l'admirer :

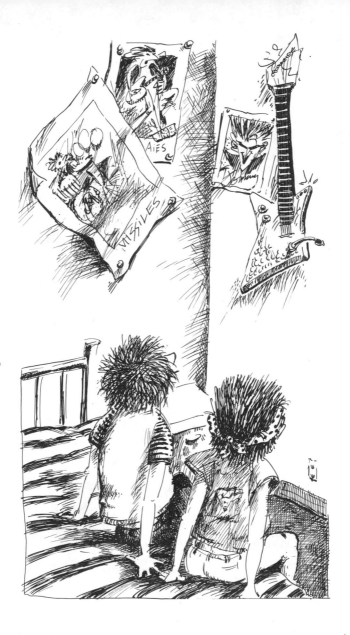

— Tu as de la chance ! Je donnerais n'importe quoi pour en avoir une pareille !

— Tu te débrouilles très bien avec la vieille guitare de ton frère.

— Ce n'est pas avec ça que j'arriverai à me faire connaître, même si je m'exerce pendant des années, dans le garage. Le travail, c'est bien beau, mais il faut aussi un bon instrument.

Cette nuit, il y a encore eu un orage épouvantable. Des éclairs et du tonnerre à vous donner la chair de poule!

Je venais juste de m'endormir quand j'ai été réveillé par un bruit terrifiant! Une note de guitare amplifiée un million de fois!

Maman a surgi, en robe de chambre:

— Frédéric! Qu'est-ce qui te prend? Jouer à cette heure! Tu as perdu la tête!

J'ai protesté disant que ce n'était pas moi.

Peine perdue. J'ai eu droit au concerto de la mère indignée à l'enfant-qui-ne-respecte-rien.

Elle a fini par aller se recoucher. Minette l'a suivie. À sa façon de fouetter l'air de sa queue, j'ai compris qu'elle était fâchée, elle aussi.

Que s'était-il passé?

La guitare gisait sur le plancher. Elle avait dû se décrocher et tomber.

Il m'a semblé qu'une étrange lueur s'en dégageait. J'ai même cru entendre un crépitement électrique qui courait le long des cordes.

J'ai ramassé ma guitare et je l'ai remise en place. Minette est venue me rejoindre. Elle avait l'air d'être revenue à de meilleurs sentiments.

Je n'arrivais plus à dormir. Je sentais une peur sourde m'envahir...

Tout à coup, j'ai compris pourquoi. La guitare BOUGEAIT! Elle oscillait lentement, au bout de sa bandoulière. Comme si un musicien invisible s'apprêtait à en jouer.

Je me suis dressé sur mon lit. Prise de panique, Minette est allée se réfugier sous la commode.

À la lueur des éclairs, j'ai discerné une forme lumineuse qui, peu à peu, se précisait... Une forme aux cheveux longs qui passaient du bleu au vert et du vert au rose...

Cet étrange personnage me regardait en riant.

J'ai bafouillé:

— Qui êtes-vous?

— Salut bonhomme! Tu ne me reconnais pas?

— JOHNNY ! Johnny Fortissimo ! Mais... mais... Johnny est mort!

Le fantôme a émis un long soupir:

— Hélas! Je suis parti en pleine gloire! Un accident stupide. Cent mille spectateurs debout qui tapaient des mains dans un stade en plein air. Un son du tonnerre! Puis soudain, la pluie, l'orage... Il y a eu un court-circuit et PCHITTT, j'ai été électrocuté. Grillé comme une rôtie oubliée dans le grille-pain. Une belle fin, n'est-ce pas? Tu n'as pas vu cela à la télévision?

Pas très rassuré, j'ai demandé:

— Mais... que voulez-vous?

— Je viens pour ma guitare, bonhomme!

— Votre guitare? C'est votre guitare?

— Une guitare pareille... Même mort, elle me manque! Alors, certains soirs d'orage, je reviens gratter quelques notes...

Sur ce, le fantôme s'est mis à se contorsionner et à hurler, en s'accompagnant de l'instrument diabolique. De quoi vous faire dresser les cheveux sur la tête!

Visiblement, Johnny Fortissimo s'amusait. Il faisait des pirouettes, rebondissait sur les murs et jouait au plafond, la tête en bas.

J'avais beau le supplier d'arrêter:

— Chuuuut... Ma mère va me tuer!

Il continuait de plus belle.

— Ça, c'est du rock! Hein, bonhomme?

Heureusement, l'orage était si fort qu'il couvrait le vacarme. Peu à peu, la tempête s'est éloignée. Johnny semblait fatigué. Il a plaqué encore un ou deux accords:

— Bon, il est temps d'y aller... Mais je reviendrai avec des amis! Cette fois, je casserai la baraque! À la prochaine, bonhomme!

Et Johnny a disparu dans un feu d'artifice bleu, rose, vert.

*L*e silence revenu, j'ai cru que ma mère allait se précipiter à nouveau dans ma chambre. Mais non. Minette est sortie de sa cachette en poussant des gémissements.

Et la guitare?

Elle était à sa place sur le mur. Elle fumait et rougeoyait, telle de la braise mal éteinte.

*L*e reste de la nuit, j'ai fait des cauchemars.

Au réveil, j'étais épuisé! Claire aussi avait mal dormi tout comme Minette qui n'arrêtait pas de bâiller et de s'étirer. Et Johnny Fortissimo qui avait promis de revenir!...

Je devais absolument me débarrasser de cette guitare de malheur! Je me suis donc traîné jusqu'au Marché aux puces. J'espérais que monsieur Bigras consentirait à reprendre l'instrument.

Il a levé les bras au ciel :

— Ah ça non ! Jamais ! Je ne veux plus en entendre parler !

Et il m'a claqué la porte au nez.

* * *

Ma décision est prise. Je viens de téléphoner à Robert. Je lui ai offert de lui vendre ma guitare, au prix que je l'avais payée. Il doit arriver d'une minute à l'autre.

* * *

Robert est ravi. Il n'a plus qu'une hâte, c'est de brancher sa guitare sur son amplificateur. J'ai tenté de le mettre en garde,

de lui expliquer qu'il y avait certaines précautions à prendre.

Il n'a rien voulu écouter.

Il faut dire que Robert porte déjà une veste de cuir et que, depuis hier, il a une mèche de cheveux bleue, verte et rose. Quand il est parti avec la guitare sous le bras, je lui ai tout de même crié :

— Méfie-toi des soirs d'orage!

* * *

Après cette aventure, je suis revenu à mon piano. Maman est très contente. Minette aussi. Je l'assois sur mes genoux et nous jouons *Au clair de la lune*, en duo.

J'ai renoncé à être Frédéric le rocker. Maintenant, c'est décidé, je serai trompettiste. Un grand trompettiste!

J'ai d'ailleurs repéré une magnifique trompette, mais... j'hésite à l'acheter. Il paraît qu'elle a appartenu à un vieux jazzman, décédé au beau milieu d'un concert...

Le plus de Plus

Réalisation : Lynn Lapostolle

*Une idée de Jean-Bernard Jobin
et Alfred Ouellet*

AVANT DE LIRE

Musique en tête

Tu sais sûrement qu'il existe plusieurs styles de musique. Pourrais-tu dire si ceux qui sont énumérés ci-dessous te plaisent: un peu... beaucoup... passionnément... à la folie, ou si, au contraire, ils ne te plaisent pas du tout?

Rock'n'roll	Classique
Jazz	Blues
Reggae	Folklore
Rap	World Beat
Heavy Metal	Pop

Ce n'est pas parce qu'on n'est pas nombreux qu'on ne fait pas de bruit

Certaines formations musicales sont composées d'un petit nombre d'instruments ou de voix. Peux-tu trouver le nombre de personnes qui composent les formations énumérées ci-dessous?

Octuor	Quatuor
Duo	Quintette
Solo	Septuor
Sextuor	Trio

Pour comprendre le sens des mots...

Suis le chemin et attache le dessin et le mot.

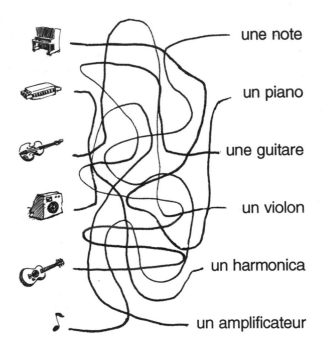

une note

un piano

une guitare

un violon

un harmonica

un amplificateur

Le monde est fou

Voici quelques définitions folles, folles, folles !

Pour chacune des définitions fausses ci-dessous, cherche à la page 57 le segment de phrase qui sort de la guitare ou de la bouche du guitariste. Choisis celle qui convient le mieux.

1. Un musicien en herbe est un musicien dont les parties aériennes meurent chaque année. Vrai ou faux ?

2. Un tremblement de terre est un tremblement qui supporte les êtres humains et les bêtes. Vrai ou faux ?

3. Un marché aux puces est un marché où l'on vend des insectes sauteurs, de couleur brune. Vrai ou faux ?

4. De l'argent de poche, c'est de l'argent de format réduit. Vrai ou faux ?

5. Un oncle Oscar est un oncle en forme de trophée. Vrai ou faux ?

6. Se mettre sur son trente-six signifie mettre ses plus beaux vêtements. Vrai ou faux ?

7. Un nœud papillon est un nœud qui peut voler. Vrai ou faux?

8. Une personne qui a la chair de poule est une personne qui a des ailes courtes et arrondies, la queue courte et la crête dentelée et petite. Vrai ou faux?

a. Une personne dont la peau se hérisse sous l'effet du froid ou de la peur.

b. Un phénomène naturel relié à la déformation de l'écorce terrestre.

c. Un lieu où l'on vend toutes sortes d'objets d'occasion.

d. Un membre de la famille qui s'appelle Oscar.

e. Un petit montant d'argent destiné aux dépenses personnelles.

f. Une cravate plate dont le nœud rappelle la forme des ailes de papillon.

Un jeune garçon qui a des dispositions pour la musique.

AU FIL DE LA LECTURE

Ils ont le même son

Toutes les phrases suivantes sont tirées du *Fantôme du rocker*. Complète-les par l'un des mots inscrits au-dessous de chacune d'elles. Attention cependant : quand tu lis à voix haute, ces mots sont identiques (ce sont des homonymes). Si tu hésites à faire ton choix, relis le texte.

Lorsqu'il sera devenu un rocker aussi célèbre que Johnny Fortissimo, Frédéric veut se faire teindre les cheveux en :

a) verre

b) vert

c) ver

d) vers

un ver   un verre

Frédéric a donné son premier concert devant son meilleur ami, sa mère, sa chatte, son oncle et sa :

a) tente

b) tante

une tente   ma tante
                Louise

Lorsque Frédéric achète sa guitare, monsieur Bigras semble soulagé d'un grand :

a) pois

b) pouah

c) poids

un pois   un poids

Lorsque Frédéric rentre à la maison avec sa nouvelle guitare, même sa chatte Minette fait la moue. Elle se met à grogner et à faire le gros :

a) dos

b) do

un do   un dos

Pendant la nuit, il y a eu un orage si épouvantable qu'il donnait la :

a) chère de poule

b) chaire de poule

c) chair de poule

d) cher de poule

avoir la chair de poule

À cause du bruit dans sa chambre, Frédéric a eu droit à un véritable concerto de la part de sa:

a) mer

b) maire

c) mère

la mer

le maire

Johnny Fortissimo a été électrocuté, grillé comme une:

a) rôti

b) rôtie

un rôti

une rôtie

Charades

Mon premier est le contraire de court.
On tue mon deuxième pour ne pas s'ennuyer.
Mon tout signifie pendant un long espace de temps.
Réponse: l __ ? __ __ ? __ p s.

Mon premier est un mot qui exprime un bruit sec ou un coup.
Mon deuxième est un adjectif possessif féminin.
Mon troisième est le contraire de court.

Mon deuxième et mon troisième corres-
pondent à la partie arrière du pied.
Mon tout est une culotte longue descen-
dant jusqu'aux pieds.
Réponse : <u>p</u> __ <u>?</u> __ <u>a</u> __ <u>o</u> __.

Mon premier est le masculin de mère.
Mon deuxième est un adjectif possessif
masculin.
Mon troisième est un nom de la même
famille que le verbe nager.
Mon tout est une personne importante.
Réponse : __ <u>e</u> __ <u>s</u> <u>?</u> __ <u>?</u> __ <u>g</u> __.

Mon premier est une note de musique.
Mon deuxième est le contraire de ra-
pide.
Mon troisième est un adjectif qui sert à
montrer une personne ou une chose.
Mon tout doit parfois être respecté pen-
dant les périodes de travail à l'école.
Réponse : <u>?</u> <u>i</u> __ <u>?</u> __ <u>c</u> __.

Mots tordus

Une décharge électrique a tordu quelques-uns des mots et quelques-unes des expressions du texte. Retrouve le mot ou l'expression juste.

Ex.:   Un petit homme chauve, ridé comme une vieille <u>gomme</u>.
         Un petit homme chauve, ridé comme une vieille <u>pomme</u>.

J'aurai un <u>guépard</u> électrique avec un amplificateur haut comme ça!

Ma mère, qui m'écoute de son atelier de <u>clôture</u>, trouve que je fais des progrès.

Mets ta chemise <u>planche</u>, ton pantalon gris et ton veston <u>narine</u>.

Le lendemain, dès l'ouverture, j'étais à la porte du Marché aux suces.

Des éclairs et du tonnerre à vous donner la chair de boule!

Une forme aux cheveux ronds qui passaient du bleu au vert et du vert au rose.

De quoi vous faire dresser les cheveux sur la bête!

AS-TU BIEN LU ?

Écris un ou une devant les mots suivants. Si tu hésites, cherche dans le texte car tous ces mots y sont.

?	accident	?	million
?	billet	?	minute
?	blouson	?	musicien
?	bruit	?	note
?	concert	?	orage
?	feu	?	peur
?	fin	?	photo
?	garçon	?	poids
?	guitare	?	pomme
?	homme	?	rôtie
?	instrument	?	spectacle
?	jazzman	?	stade
?	mèche	?	truc
?	mère	?	veste

Contraires

Remplace les mots en caractères gras par leur contraire.

Johnny Fortissimo est **né** pendant un concert des Sept Plaies d'Égypte.

Décidément, la **mort** n'est pas rose.

Elle, le piano, elle **déteste** ça.

Hier, j'ai donné mon **dernier** concert devant ma tante Alice, mon oncle Oscar et mon ami Robert.

Si tu **hais** vraiment le piano, tu deviendras un grand pianiste.

Curieusement, il semblait soulagé d'un **petit** poids.

La musique de Mozart ne peut être comparée au tintamarre de ton Johnny **Piano**.

J'ai promis de **défaire** mon lit, de **rentrer** les poubelles, de **mouiller** la vaisselle et même de manger des oignons.

Elle est si **laide**.

Je venais juste de **me réveiller**, quand j'ai été **endormi** par un bruit terrifiant.

Elle oscillait **rapidement**, au bout de sa bandoulière.

Prise de panique, Minette est allée se réfugier **sur** la commode.

Une forme aux cheveux **courts** qui passaient du bleu au vert et du vert au rose.

Cet étrange personnage me regardait en **pleurant**.

Il faut dire que Robert porte déjà une veste de cuir et que depuis **demain** il a une mèche de cheveux bleue, verte et rose.

POUR PROLONGER LE PLAISIR

Qui sommes-nous?

Complète les phrases suivantes en ajoutant le mot qui manque dans chacune d'elles. Tous ces mots contiennent le son o.

Le mot italien que l'on utilise pour dire « très fort » en musique est
_ ? _ _ _ s _ ? _ o.

La première note de la gamme est
le ? o.

Frédéric et Robert ont chanté en
? u _.

La maman de Frédéric veut qu'il joue du
_ i ? _ _.

Lorsqu'il sera trompettiste, Frédéric pourra exécuter un ? _ l _.

Charivari

Pour identifier chacune des parties des instruments de musique illus- trés ci-dessous, tu dois jongler avec les lettres. Replace-les bien, sinon ton mot pourrait sonner faux...

teamrua

laciver

uetohc

resocd

déalpe

ucueobmerh

itopssn

lopivlna

guabe

Ce n'est pas parce qu'on n'est pas nombreux qu'on ne fait pas de bruit

Octuor 8 ; septuor 7 ; sextuor 6 ; quintette 5 ; quatuor 4 ; trio 3 ; duo 2 ; solo 1.

Le monde est fou

1. F ; 2. F ; 3. F ; 4. F ; 5. F ; 6. V ; 7. F ; 8. F.
1. g ; 2. b ; 3. c ; 4. e ; 5. d ; 7. f ; 8. a.

Ils ont le même son

Vert ; tante ; poids ; dos ; chair de poule ; mère ; rôtie.

Charades

Longtemps ; pantalon ; personnage ; silence.

Mots tordus

Guitare électrique ; couture ; blanche,
marine ; puces ; poule ; longs ; tête.

Un ou une ?

un accident	un instrument	une photo
un billet	un jazzman	un poids
un blouson	une mèche	une pomme
un bruit	une mère	une rôtie
un concert	un million	un spectacle
un feu	une minute	un stade
une fin	un musicien	un truc
un garçon	une note	une veste
une guitare	un orage	
un homme	une peur	

Contraires

Mort ; vie ; adore ; premier ; aimes ; grand ;
Fortissimo ; faire, sortir, essuyer ; belle ; m'endormir,
réveillé ; lentement ; sous ; longs ; riant ; hier.

Qui sommes-nous ?

Fortissimo ; do ; duo ; piano ; solo.

Charivari

Marteau, clavier, touche, cordes, pédale ;
embouchure, pistons, pavillon, bague.

Dans la même collection

• Niveau facile
■ Niveau intermédiaire